中国好诗

第六季

一个声音离开了合唱团

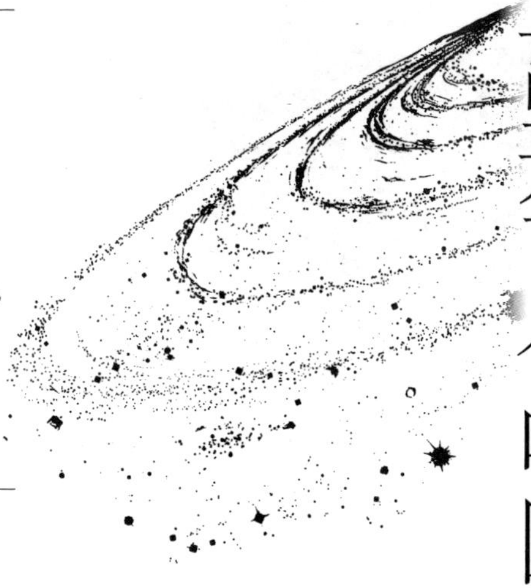

臧海英——著

天津出版传媒集团
百花文艺出版社

臧海英，山东宁津人。曾获华文青年诗人奖（2015年）、《诗刊》年度“发现”新锐奖（2015年）、第三届刘伯温诗歌奖、第三届李杜诗歌奖新锐奖等。参加《诗刊》社三十二届青春诗会。出版诗集《战栗》《出城记》。

小众书坊
Poetic Books

中国好诗

心上没有诗，就像地上没有花朵。

第一季

《山中信札》· 路也 著
《为何生命苍凉如水》· 刘年 著
《女巫师》· 宇向 著
《山冈诗稿》· 王单单 著
《悬崖上的沉默》· 雷平阳 著
《去人间》· 汤养宗 著
《无端泪涌》· 陈超 著
《必要的天使》· 臧棣 著
《白云铭》· 江非 著
《我们来谈谈合适的火苗》· 杜绿绿 著

第二季

《让我背负你的忧郁》· 郑玲 著
《响器》· 马新朝 著
《半张脸》· 商震 著
《个人简历》· 娜夜 著
《挑滑车》· 轩辕轼轲 著
《徒步穿越半个城市》· 邰筐 著
《向命要诗》· 沈浩波 著
《栖真之地》· 桑子 著
《无数灯火选中的夜》· 冯娜 著
《数星星的人》· 玉珍 著

第三季

《妥协之歌》· 李南 著
《用小号把冬天全身吹亮》· 梁晓明 著
《空楼梯》· 胡弦 著
《自己的心经》· 叶舟 著
《锦瑟》· 何向阳 著
《隔空对火》· 荣荣 著
《我们的暴雨星辰》· 姜念光 著
《浅妄书》· 蓝野 著
《微甜》· 白庆国 著
《大师的葬礼》· 严彬 著

第四季

《事到如今》· 张新泉 著
《入林记》· 张二棍 著
《落在海里的雪》· 王小妮 著
《群峰无序》· 大解 著
《数一数沙吧》· 沈苇 著
《镜中》· 舒丹丹 著
《自然主义者的庄园》· 阎安 著
《找不想大张旗鼓地进入你的生命之中》· 巫昂 著
《一株麦子的幸福》· 罗振亚 著
《找本孤傲之人》· 江一郎 著

第五季

《山顶》· 李琦 著
《大地上万物皆有信使》· 刘立云 著
《深情可以续命》· 潘洗尘 著
《大鱼》· 徐南鹏 著
《今生荒寒》· 殷龙龙 著
《镜中白马》· 梁尔源 著
《爆破音》· 胡茗茗 著
《逆风歌》· 张远伦 著
《余音》· 灯灯 著
《不能的风》· 余幼幼 著

第六季

《万古烧》· 张执浩 著
《编织蓝色星球的大海》· 邱华栋 著
《世界的每一个早晨》· 谷禾 著
《濒临》· 龚学敏 著
《山河边关记》· 丁戎耕 著
《不惑的绳结》· 张常美 著
《封龙获鹿》· 孟醒石 著
《开门见山》· 慕白 著
《一个声音离开了合唱团》· 臧海英 著
《雪旅》· 张烨 著

是我的问题，还是世界的问题

——读臧海英

◎ 霍俊明

我走向甜蜜的反面，结果的反面

——臧海英

臧海英的诗总是让我们更为清晰地看到她并不轻松的生命影像和存在意识。她笔下的词语是从生命和黑暗深处分蘖出来的，它们直接对应于“作为人的证据”以及痛彻的生命经验的心跳或心悸。质言之，她的诗歌直接建立于个体的感受真实和情感真实的基础之上，而发声和言说的过程却一次次受到了阻遏，为了免于失语和绝望，一个人最终找到了词语和诗歌，“2010年有了电脑，发现一些写诗的博客，就试着写了一些东西。好像找回了生命的出口，当现实生活绝望之后，诗歌来到了我面前。就是这样，诗歌于我，最初是作为一个拯救者出现的。”（臧海英：《我的诗歌历程》）她接着说：“我如此描述我的处境 / 人的处境”。这一生命意识突出的话语和发声方式使得她的诗歌的可信度也同时得以确立。

1.

扎加耶夫斯基的诗歌基本上都是矛盾和冲突的产物。“我认为有一个诗的来源——一个内在的来源——某个时不时消失又重现的事物。诗歌诞生于内心生活和某个外在事物的冲突，但是，一定还存在别的东西——活力。没有活力，我只会有沉默和忧郁的日子。”（《诗歌生长于矛盾之上——扎加耶夫斯基访谈》）

在臧海英这里，诗歌再一次体现了矛盾和悖论的精神症候。诗歌也再一次承担了“替代性的生活”功能，正如诗人自己所说：“如果不写诗，我的生活不会发生变故。但如果不写诗，我早已内心崩溃。写诗带给我的重要的一点，就是对自我的重构。”（《关于生活，关于诗》）这类似于当年张执浩所说的“被词语找到的人”。这再次回应了“诗与真”“词与物”的本质命题。

孤独的人所需要的“对话”“理解”“沟

通”“安慰”不必再倚赖旁人，因为诗歌是“理解自我”“抚慰孤独”“缓解重压”“承载生命”的最为可信、可心的方式。诗歌代替或补充一个人更真实、更独立、更自我地活着，诗歌在一定程度上改变了人，“即使诗歌只在很少的启示或灵感的时刻到来——无论你选择叫它什么，任何名称都是暂时的——你也被写下的诗改变了，被它们缓和了。”（《诗歌生长于矛盾之上——扎加耶夫斯基访谈》）

诗歌不能使人活得更好，却能够使人活得更多、更深、更真。

诗人要恢复到个体前提的真实以及人格独立，“一个声音，离开了合唱团”。诗歌从来都不是非此即彼，而往往是非此非彼的“中间”“悬空”状态。而臧海英正是维护了诗歌作为一种特殊的“疑问”方式：“我只是活着，并不快乐 / 我写作，又删掉 / 我枯乏的舌头 / 人间无数，没有一样是它喜欢的 / 我不知道是我的问题 / 还是世界的问题”（《疑问》）；“我正在成为一种复杂的物质”（《低温》）；“不知道世上 / 还有没有治疗我多疑的药物”（《怀疑》）。

2.

这位诗人经常“乐此不疲”甚至不得不把自己置身于“低温”和“黑夜”的精神情境之中，

比如在不同诗歌中共时呈现的一个又一个的“黑夜”场景：“深夜，我们摸黑谈起虚空”“我起身站在黑暗中”“整夜，我都在寻找开关”“我偏执地走向黑暗的中心”“并一次次在黑暗中，把石头推走”“现在，它在黑里面飞”“嚼着黑炭写诗的人”“黑夜来了，一些人在刀尖上”“手机镜头里，也一团漆黑”“深夜 / 我坐着”“确信暮色里有我们共同的 / 无法抗拒的东西”“黑暗，加剧着它们的光泽”“一生在黑暗中写诗”“一棵青菜，也在厨房里默默消化着 / 身边的黑暗”“黎明前的那一段时间，黑暗达到了极限”“从此，致力于黑暗”……如此密集的纷至沓来甚至令人有压抑、窒息感的“黑夜”场景难道又是当年津津乐道的女性诗歌的“黑夜意识”吗？显然不是。这一“黑夜”并不是只与性别话语有关，而是更为广阔、深入又艰难地与“一个人”“一个我”的生存处境和精神境遇建立起“血肉关联”，因此更具有个体的真、诗学的真以及世界的真。

一个极其敏感、焦虑和无眠的人静静蹲伏在黑夜里，“睁大瞳孔，时刻关注着周围的动静，或沿着鼻梁看向内心，像一只蹲伏在黑暗中的猫”（臧海英：《蹲伏在黑暗中的猫》）。

早在十六岁的时候，在服装厂打工的臧海英就提前发现了一个不无残酷又沉暗的精神事实：“我觉得孤独。与身边的人隔着什么，是什么？我终究

不知道。在成堆的各色布匹里，我是一块黑布。”（《我的诗歌历程》）

在不知不觉的黑质素的累积中，她已经成了吸纳巨大黑暗的容器。只是容纳黑暗还不行，她还必须为这一黑暗容器制造几个缝隙，让黑暗倾泻下来，让风、空气和阳光顺着缝隙挤压进去。这些缝隙就是臧海英的诗歌。

臧海英的诗歌温度确实是冷色调的，甚至是灰冷、冷彻，这样的诗歌就如同冰刀凛然刺骨，让人在战栗中看到不忍直视存在真相和终极之无，“戴口罩的焚尸工招了招手，伯父被推进去 / 一小时后，端了出来 / 水泥台上，一堆骨头，冒着灰白的热气 / 铁筷慢慢摊开，铁锤一上一下 / 很快，一个人就成了灰。水泥一样的灰”（《灰》）。

然而在灰冷、荒芜与黑暗中，在一次次的生存的惨败和喑哑面前，一个人仍勇于领受逼视，一个人仍然勇于说出“每次从无窗的卫生间出来，我都感觉 / 世界比之前明亮了一些”“小心地摸了摸两条肋骨之间的缝隙 / 那里容得下一把刀，也容得下一对翅膀”。由此，诗歌是从骨头缝中挤轧出来的……

3.

“作为意志和表象的世界”在诗人这里得到了最为有力的展示。

这是一次次压低声调的自述，也是一次次无可奈何、强行支撑的自审、自问、自辩。当诗人放低了声调，当诗人一次次收紧自己，那么，一个人的耳朵会变得愈加敏感，而诗人、语言和世界的边界也随之扩大。

敏感的诗人并不只是与外界频频发生疑问，而更多的时候是探向自我，是自己和自己的争辩，现实中的人和诗歌中的诗人由此发生了频繁的互动或混淆，而二者之间的关系是极其复杂的，甚至是戏剧化的。

诗歌更像是自我获启、自我获救和自我启示录：

我用另一个名字
把写作中的我，和生活中的我分开
我多么想，摆脱自己
狼狈不堪的命运
这段时间，我的文字里
果然都是清风明月
虚构出来的幸福，比现实还要令人感动
我也真就以为，自己多出了一条命
从此过上了另一种生活
而被我弃于现实的那个人
常常闯进来，让我不得安宁
她塞给我一地鸡毛
让我承认，那才是我

让我承认，偷生于另一个人的生活
是多么虚妄
逃避、怯懦、自欺欺人
——我也为此羞愧过
但我真的不想，在困境里一而再
再而三地挣扎下去

——《偷生记》

诗人与世界直接建立了对话或疑问关系。臧海英在《冰川纪》《暂居德州》《我每天生活在大海上》等诗歌中反复强调自己“每天生活在大海上”，是一个“单身者”“偷生者”“失败者”“暂居者”“寄居者”“出走者”“求救者”，一个无根者一次次置身于渺茫之中，这也注定是对“人的处境”的反复诉说和阴沉自语。

当然，我们也注意到了诗歌在臧海英这里还是具备了精神发光体的功能，这是词语带来的特殊的稳定居所，也是一个人生存意志和词语求真能力的互动，尽管诗歌对于生活和现实来说基本上是虚弱无力的。

这类似在空无和废墟上重建一座精神容留的庙宇，词语成为安慰我们的伟大精神共时体。但是，即使是这样的“精神建筑”和“纸上乌托邦”，也要迎受来自现实环境以及内心渊薮的各种显豁或不可见的龃龉、悖论甚或挑战。此时，我们看到了臧海英的《在城南寺庙》："我也渴望获救。走进去的时候 / 移植来的银杏，还没长出叶子 / 廊柱还没上漆，一尊佛像 / 预先坐在大殿中央。这符合我的意愿 / ——在内心的废墟上，建一座寺庙 / 但也有我逃脱不掉的： / 浓烟，来自后面的化工厂 / 喧闹，来自对面的游乐场 / 挖掘机的声音，则来自旁边的建筑工地 / 一个穿黄衣的僧人 / 我确定是我。他一边诵经 / 一边驱赶着扑向他的蚊虫"。

无疑，这是"我"的问题，也是"世界"的问题。

2020 年 5 月 10 日母亲节改定

目录

第一辑　一个声音，离开了合唱团

第二辑　我如此说起我的经历

第三辑　暴雨隔开了我们

第四辑　我往失败者一边，站了站

第一辑

一个声音，离开了合唱团

001

044

星空下

站在老家的院子里
我无法告诉你，满天繁星
手机镜头里，也一团漆黑
我只能告诉你
今天，我又写了一首失败的诗
我的沮丧，是无法描述星空的沮丧
我啊，其实一直站在
星空与残稿之间
—— 一个笨拙的转述者
他结结巴巴

2017.4.25

在半空中上班

坐在康博大厦 24 楼
我怀疑现实的真实性
地面上的事物
纷纷缩小了比例，给我看
相比他们，我并没有离天空更近一些
相反，它的高度和广度
继续扩大着我的小
但我已放弃返回地面的机会
自愿在半空中
做个双脚悬空的人
我的工作，就是日复一日
坐在办公桌前，给天空写信
我看见的闪电，听到的雷声
都是虚无中，接收到的
来自天空的快递

2018.3.25 初稿

2019.9.1 改定

疑问

从什么时候
我只是吃饱，不能满足食欲
我只是活着，并不快乐
我写作，又删掉
我枯乏的舌头
人间无数，没有一样是它喜欢的
我不知道是我的问题
还是世界的问题

2018.8.2

少数人

……真是难得啊，索道下
有人在攀爬
电梯旁
也留有一条楼梯
一个声音，离开了合唱团

观察一个流浪汉，他的行动和思想
不在这个世界里

从广场的人群里退出来
我想着头顶那颗星球
它也曾在行星的序列之中
如今，走出了行星系
独自飘浮
它有着与其他行星的共同特征
但不再是同类

2018.3.23 初稿
2019.9.10 改定

画鹤

想画一只白鹤
一只白鹤，在我心上描画无数遍了

——眼里的薄霜，羽毛下的孤寂
它越来越具体
我甚至感到喉咙里，有它游丝般的呼吸

我拿起笔，它飞走了
我放下笔，它又飞回来

一只白鹤，养在我繁杂的日常背后
它单腿站立

2017.12.16

发声学

我听出鸟鸣中特别的一个

它是怎么做到的
神秘的天赋？
多年的练习？
一只鸟始终在飞
在找自己的声音

也是离开同类的一个

整个清晨，我都想找出这一只
在众多的声音中
努力发出属于我的

2018.5.14

界限

一个人死去很久
耳朵里，还响着他说话的声音
一个死去的人，也会推门进来
或从书页中坐起身
我与他们越来越亲密
生与死的界限，从来就模糊不清
走在人群里，哪些人已死，哪些人还活着
我不想确定
更不会非此即彼

2018.4.30

我每天生活在大海上

“我每天生活在大海上”
写下这句话，我来到屋外

我是鱼类、藻类，还是甲壳类
人群里，我为找不到自己的属性，感到孤单

我怕水
这相当于生存的悖论

我走在华北平原的大街上
一边在人海里拼命地游水

2018.3.20

无用

就是要自己无用

一棵树
放弃做一把椅子，一张床，或一副棺木的可能性
放弃点燃
一个人
拒绝成功学，干着无用的活计
食不果腹，却满心欢喜

满心欢喜
也是一种有用啊
我已经不再问自己
为什么写诗

2017.8.1

风中

清风拂面，风掀起衣衫
我在风中喊自己的名字
与一个风中狂奔的人，相爱
其中一次
我把身体交给一阵风
灵魂则交给了另一阵风。我说
请让我重新找到它们

2018.6.20

陆地动物

如临深渊啊
乘飞机去漠河，在杭州坐船
我头晕，恶心……
我的肉身，如此反对我的心

回到地面，浑身轻松
我只好死心塌地
做一只受限于四肢和地面的陆地动物

而最近，腰椎间盘突出
让我不能远行
我受限于一块小小的病变组织
躺在床上，终日思考着
一棵稻草，是怎样从喂养我的那棵
变成了压倒我的那棵

2018.2.1

深夜颂

寂静送来风吹树干的声音
送来一声声蛙鸣
最后送来琴声
寂静一层层送上来
寂静从来不是寂静本身
我的心上，因此多出一棵树
多出几百只青蛙
也多出一把琴
从而多出一片树林，一条河流
和一个风中拉琴的人
寂静真慷慨啊
我的身体住进来
一座庞大的演奏厅

2018.4.2

时间差

杨安镇博物馆墙上的钟表
分别显示北京时间、伦敦时间、巴黎时间和纽约时间
我愣了一下
不知该认领哪个时间

一条河流经两个国家，分别命名
同一事物的一面与另一面，各自为政
一个恶棍
也对自己的女儿温柔以待……

走出博物馆时，人们还在讨论
两种辣味之间的细微差别
没有人注意
我的时间
已偏离他们的时间

2018.8.7

光明

光明还是出现了。在我背阴的房间
今天早上。当我抬眼看见
对面丽枫酒店的玻璃幕墙上
一个太阳在闪耀。虽然是个小型的
一束真实的阳光，经由它
反射进来。我就相信了
我匮乏的生活，光明没有缺席
只是转了一个弯，奇迹般的
照在我身上

2019.11.5

月亮记

又一个物种消失了
新闻中报道。而窗外
月亮升起来了

月亮，也是一个孤本啊
并以每年四厘米的速度，远离地球

恐龙眼里的月亮
比我看到的大
小时候的月亮，比现在大

想到这些，就感觉时间多么快
又多么慢
万物都在这移动中了
我也在其中
每分钟，都离月亮远一点
离死亡近一点

2019.9.7

身体论

我们使用它

触摸它容器一样的四壁
它确实承载着我们非物质的部分

存在的证据
每次，我们指向的也只有它
当世界回到一张床上
谢谢你的身体
谢谢我自己的身体

有时也讨厌它
它无节制的欲望
以及对另一个身体的移情别恋

我们最终
失去了对它的控制力

……到了安慰它的时候了
侍奉它的疾病和衰老
看着它从我的母亲
变成我的孩子

2019.2.24

写下的部分

——无不在展示我的匮乏
也成为我反对自己的证据

作为一种羞辱
它们保留下来

现在，在隔壁房间
我没有再让人读到它们的愿望了

可我还是在写
我只能这样认为
“我知道了自己的有限
还在自不量力……”

我能不能这样认为
我写下的，并且还在写
只为了一首诗的出现
一首不可能之诗

2018.5.24

城中河

河水污染了
我扔石块，它吞了下去。我扔更大的石块，它又吞了下去
我停下来。我暂时还没有更多的石块

2016.2.29

西行

一想到死在路上
就心生悲凉

一想到身边将升起鸟鸣
而不是亲人的哭号
又心生安慰

一想到尸身将引来虫蚁
忽有一种慈祥

2015.11.11

在海边

我往海水里滴蓝墨水
滴下去就没了
再滴，再没
……

如果你去海边
看到一个手拿滴管，蓝色的人
请把她领回来

她离开我已经很久了

2015.3.13

囚徒

我常思索：如何做好一个囚徒
如何让身上的绳子更紧一些

每次放风回来，我都有新的启示
譬如：拿回一块石头

“孤独是一种技艺。”绳子说。
为了打一个死结，我日夜揣摩

小窗处传来的断喝，是事件之外
我没打算放手

每一天我咽下碗中的食物，确信饥饿的存在
每一天我走向人群，练习怎样离开他们

2014.1.11

低温

买菜，沿着河边返回
河水结了薄冰
数着冰上来回走动的麻雀
心想，前几天它们还不能这样
我和今天也不一样
天空开始下雪。不是雨
我正在成为一种复杂的物质
就像以前我是水
现在是薄冰和雪
明天，我愿我是经历了薄冰和雪的水

2020.1.1

冰川纪

冰川纪过去了

我已理解母亲的主动赴死
其实是我成为了母亲
渐渐原谅了伤害过我的人
其实是原谅了也犯错的自己

还是不合时宜
只是以前是被动的，现在是主动
德州依然没有成为我的家
其实哪里都是寄居
都是暂时的，短暂的……

我改变的不是生活
是内心

2020.1.18

鸣叫

一只蚂蚁，理解不了一头鲸鱼的鸣叫
它们，一个在地面
一个在大海上
一个声音小，一个声音很大
但如果它们都找不到同伴
一只蚂蚁，就会遇上一头鲸鱼
它们在鸣叫
一小块陆地连接着一片海洋

2020.2.3

过岔河

岔河分开城区与郊区后，继续流淌
黄昏，经过岔河桥时
我停顿了一下。但从不认为
自己从属于哪里
在城市居住多年，我骨子里
仍然住着一个农民
每天的工作就是耕种
太阳和月亮一起挂在天上
它们，我分别热爱
左手和右手各自动作，但同属一人
活着，即写作。菜市场里
走动着书房里的我。今晚的宴席上
我不会介绍自己是一个诗人

2020.2.18

我把鸡蛋全放进一个篮子

我依旧每天在家
只做一件事

别人谈论我的生活
与我看他们，用的不是同一个标准
买衣服的快乐
与写一首诗的快乐
当我要这一种
而不是另一种

我把鸡蛋全放进一个篮子

篮子掉到地上，鸡蛋摔破
我也会提着空篮子
现在，我正是这样走在路上

2019.10.20

致软弱

读德兰修女，发现坚定的信仰
也有动人的软弱

我反身，观察自己的痛苦
它们多么小，多么不值一提

力量，也是从弱中
取出来的

一个英国记者，从德兰
满是皱纹和萎缩的脸上
看到了力量

与一个人相拥，我也很想告诉他
“相比你强大的部分
我更喜欢你小面积的虚弱”

2019.7.24

玉兰

文学馆路上的玉兰
每一个枝丫，都想开花
欲火焚身的愿望
满是毁灭与被毁灭。我从树下经过
听到的，都是骨肉绽放的声音
在一棵白玉兰下停留
就会感觉，我的身体也在开放
每一处都在发芽，都抑制不住……
脚边，赫然出现一朵掉落的玉兰
更多的玉兰，正从树上向下跳
自愿的赴死，一样的掏心掏肺，不管不顾
持续的消亡，反反复复地消亡
很久都没有结束
爱与死，同时出现在一棵树上
出现在一个人身上，一本书里
我抱着书，从树下走过
内心有玉兰花
没完没了地开放，掉落……

2019.5.2

文学馆路 45 号

一

从东门，还是南门进
没什么差别
他说，院子的布局，有哪些建筑、植物、石头……
逛逛你就知道了。多逛
指着文学馆路 45 号
出租车司机，告诉我进入的方式
没有告诉我，如何出来
出地铁，我也不知道哪个出口
四个出口，四个方向，我用四种方式写一首诗
每种方式都走向了失控
看出我没有掌控自己的能力，派发小广告的妇女
又把手缩了回去
看门人，向我索要通行证
一张红色的通知书，被我揉皱，看不清字迹
一再地接受他目光的审问
我急于证实我就是我
在包里翻找出身份证
同时翻出了银行卡、医疗卡和交通卡

以及口罩、口红、避孕套和一张供暖收费单
交出我的财产、行踪、隐私与日常
他说，这也不能证明，你就是你
这加重了我的自我怀疑
当我写下“我”，我是谁？

二

迎接我的，是一条盲道
曲折，隐晦
我闭上眼，希望获得盲者完整的黑暗
和在黑暗中的触觉与听觉。甚至
想要一座博尔赫斯的图书馆
摸索让滚过来的石块有些硌脚
伸过来的树枝，开始是手臂，后来是阻挡
鸟叫声，也没有向我提供有效的指引
反而忽东忽西
走了一段，我发现自己在转圈
没有出现新的道路
没有我期待的歧路
我睁开眼。看见一些满脸沮丧的人
不像在散步
而是和我一样，在流亡
他们是流放中的杜甫、昌耀、卢梭、曼德尔施塔姆、茨维塔耶娃、布罗茨基……
我精神谱系里的亲人
伟大的作品已经完成
所以，我越写越少
有时候，只是读他们
我的手里拿着一本《人类简史》
翻到的一页，还是昨天读到的地方：
“即便是原始森林，远古的人类早已踏足……”
像是对我的警告
我转身，撞在了文学馆的墙上

三

一场研讨会正在墙角举行：
有人沉迷于白杨的向上
一边向上爬，一边把树顶的麻雀替换为自己
“离天空近一些，我就能多获得一些云彩”
向下行走的人，在重建源头
他相信根系，高于树干
他们方向相反，谁也说服不了谁
有人则在他们之间，摆放单杠
把自己挂在了上面
像一架飞机，向我们演示现代性的低飞
他的落地，也显示了安全性

反对的声音此起彼伏
更多的声音参与进来。后来
已经不能从众多的声音中找出一个声音
已经不能从众多的存在中剥离出个体的存在
我先是被挤出人群，后来
是我自愿离开的
孤零零走向他们身后
一个孩子为我送来了红气球
一种艰难的树木，正在白杨，柏树，海棠和丁香之间
长成
暮春的太阳升到了半空

四

灰喜鹊在忍冬树下的跳跃
和领到午餐的清洁工相似
四周的楼房呈压迫状
野草还在长。有人推来了割草机
这个院子更像一个鸟笼了
不断收紧的鸟笼
我在里面，摆放一张书桌
城市也为贫困者准备了
一间间地下室，以及街头廉价的善意
有限的飞翔，有限的啄食

有限的写作
什么都是有限的
有没有一个更大的书房?
有没有更自由的旷野?
有
但我相信，距离遥远，且濒临灭绝
基于相同的困境，我试图接近这只雀
刚上前一步，它就跳开了
迅疾消失在树叶中
它不视我为同类

五

自动门自动打开了
U 形大厅墙壁上的作家，一个个向我走过来
鲁迅，在他们中间
他浓缩成一道横眉
哦，先生
你还愤怒吗?
他没有搭理我，拿起剪刀修剪他的胡子
翻译家，小说家，诗人，革命家，思想家……
你喜欢哪个身份?
你写下的是诗是小说是杂文是非虚构还是虚构是魔幻现实主义还是批判现实主义

他还是没有搭理我，继续修剪他的胡子
他的胡子太长了
我意识到，这些都不是问题
抓起旁边书架上的书
把一首诗当小说读
把一篇小说当历史读
作者们也匪夷所思
把宗教史写成了社会学
植物学改成天文学
进化论演变为退化史
……
界限打乱了
当一些人，把文学写成了成功学
我合上书，回到院子里

六

A 馆与 B 馆之间，站立冰心与丁玲
一个少女也站到了我身边
我们看着她们
心里分别想着萧红
对竹林前的郭沫若指指点点
晚年，每天伏案抄写儿子的生前日记
——他在写作

死亡是一堂文学课?
是的。路过老舍，谈起昨晚的梦境:
“他走进湖里，又死了一次”
说完，悲伤骤起:“我母亲刚刚死了……”
她的眼泪是从我的眼里流出来的
我知道，2019年的我
安慰不了2005年的我
只得把她引向一丛黄月季
“多鲜艳啊!
多香啊!”
她低头嗅它们
手机却发来语音:“我讨厌意义!”
意义，意义
一棵地黄也在旁边，拒绝强加给它的意义
我踢走了路边一只空酒瓶

七

她说，我们再坐一会儿
围着文学馆转了一圈后
她不甘心，就此陷入无意义
“诗，需要我们吗?”
坐在梅树下的长椅上，她的声音低到听不见
“我觉得，一点也不需要”

我的回答，残酷残忍，没给自己留余地
落日吞噬我们的脚
吞噬我们的身子
吞噬我们的头
我使劲做了一个吞咽的动作
“专注具有的吞噬性，也在掏空他
一本书完成后
他虚脱了，陷入更大的空虚”
……她后来的追问成了我的自问
她的脸上，我看到我的脸
显然，我们都不是被选中的那一个
她抛开我，向湖边走去
我只得老老实实地答道：
是我们需要诗

八

湖水带来虚构
来到湖边时，她已经不见了
纠结于“写”的现在和“写”的未来
成了多余
树木与天空在水里具有戏剧性
像被截取，被选择，被重构的
文学的现实

包含淤泥，枯枝，石块，时代的垃圾与碎片
超现实的鱼群，在现实的水面
同样密集着
一张张拼命呼吸的鱼嘴
它们的身子还在水下
水中的氧气已经用完
看见我过来，鱼群向四周散开
又在不远处浮出水面
只有一只没有跟上
翻着肚皮，给我一个批判现实主义的白眼
想到从普希金到莱蒙托夫
我喉咙发紧，内心虚弱
没有一个白眼反馈给它

九

浪漫主义的垂柳下
一个诗人，正盯着我看
似乎要在我身上找到破绽
一个比我还落魄的人
试图释放我，我觉得可笑
围着他，转了一圈
从哪个角度看，都是一座人形监狱
他头上落叶的冠冕，有一摊鸟屎

我赞美这鸟屎
身上的雨水和尘土混淆成一件大衣
我赞美这大衣
迈出的腿，空悬着
我赞美这始终没有走出去的腿
赞美怀疑与软弱，就是赞美坚定与守恒
我的赞美用光了
触摸他的脸，依旧是冰冷的
一块石头，被迫拥有了他的身体
他已经死了，死于他的时间和时代
历史归于荒谬与荒诞
在被黑夜湮没之前
我在他身边坐了一会儿
就走开了

十

G36，德州—北京
起身时，一张蓝色车票
从我身体里掉出来
北京—德州，德州—北京……
重复这一路线。我厌倦了重复
一首诗写到了极致或极端
在心里有多次的出走

一次在泸州，温茨洛瓦用波兰语致辞
他说他的，我听不懂
太棒了！他不为读者负责
我不愿被期待
他在自己的小语种里，我在汉语中
难怪策兰拒绝翻译
难怪卡夫卡把自己变成了一只甲虫
调酒师用一张巫师的脸，示意我把面前的酒
与任何物，自由调配
一首不可能之诗，配方与配比，加入了什么
后来，连我自己也忘记了
它非诗的叙述，无法复制
现在，是它自己在写
它一直未完成

十一

抓住文学馆的围栏
与外面的银行、便利店、医院、快捷酒店……
彼此打量
塑料的世界，继续制造着垃圾
娱乐的世界，世界继续被娱乐
游戏的世界，欢迎进入
机器人的世界，“小冰”在写诗

爱情的世界，在与塑胶人做爱
——围栏的确存在
一种紧张关系，对峙对抗
我在围栏这边，也在另一边
我的悲伤，因此针对围栏的两面
风声把刹车声、喇叭声、吵闹声和广场舞的音乐声
送了过来
也把敲击键盘的声音，纸上辩论的声音，无病呻吟
　的声音
送过去
——围栏取消了
地面有假花在摇晃
天空中有人在写作

十二

坐在台阶上喝酒
我的身边多出来一个人
他说是我的父亲，身影后还坐着好几个父亲
我们都反对自己的父亲
他喝醉了，对着一棵梅树撒尿
头上的梅花早就落了
坚定的信念，没有给他完全抵御虚空的能力
又不接受自己的软弱

坐回我身边时，变成了我的爱人
身体和心，急于获得抚慰
抱在一起的我们
进入彼此的我们
都不像我们了
“你爱我吗？”
同时向对方发问，我们都吓了一跳
我们都需要一个母亲

十三

起风了。钢筋水泥的世界不为所动
一个人来到楼顶
星空已被置换为摩天大厦的灯光
房间里有人歌颂月亮
噢，月亮
没有月亮，把窗玻璃上的灯影，唤作月亮
没有月亮，他虚构出一个
挂到天上，继续歌颂月亮
下面的园子，我在庞大城市私自构建的
文学性和自然性
俯瞰之下，更小，更窘迫，更易于破灭
残存的微光，接近幻象
它很快就会消失

我也要离开，去往另一个地方
那里没有可供它存在的依仗
这时候，几个人来到楼下
他们说了一会儿话，走进梅林
看着他们隐没在黑夜中
不见了
我看着自己消失在黑夜中间

2019.5.2—2019.6.20

第二辑

我如此说起我的经历

045
—
082

日常的难处

……越来越没有耐心
有段时间，我以为走出了
多年前那片白茫茫的棉花地
事实上，直到现在
我的前后左右，还是望不到边际的庸常
这长久的忍耐
为什么让我想到的不是美德
而是唾弃
而一只海龟，已经活过两百多年
而科学家预言：2029 年
人类开始进入“不死之旅”……

2018.12.24

作为人的证据

看《画皮》，里面的妖
想成为人
镜头里，她步步逼问另一个妖：
你有体温吗，有心跳吗？
闻过花香吗？
看得出天空的颜色吗？
流过眼泪，世上有人爱你吗？
有吗？

我听见自己虚弱地答道
“没有……”

2018.1.4

2018 年的落日

它没有像清晨染红身边的天空
也没有像正午普照大地
现在，它只是把自己烧得通红
像一个抑郁症患者
用最后的热情，在燃烧……
这是 2018 年的最后一天
我也用完了清晨和午后
还没准备好结束
更没有燃烧自己的勇气
望着天上的葬礼，我只是嘟囔着：
时间不多了，时间不多了

2018.12.31

睡前诗

走过窗口，想到自己
又比昨天老了一点
月亮，也比去年远离了地球 4 厘米
哦，时间。滚滚向前的时间
也有例外：2018 年，一颗脉冲星
冲向另一颗恒星
点燃一场宇宙级别的焰火
——事实上，这发生在 5000 年前
只是现在才传至地球
类似的经历，我在一本书里遇见
一个逝去的人，与我谈恋爱
说的都是古代的汉语
此刻，我回到床上
感到两颗星球相撞……

2018.3.12

发光体

我有反复灼伤眼睛的经历
我被光芒吸引
又涕泪横流

现在，我双目失明
内心明亮
接近于一个发光体

2018.6.9 初稿
2019.1.28 改定

暂居德州

今晚，他们说起
佩索阿的里斯本，卡夫卡的布拉格，乔伊斯的都柏林
以及那些没有祖国和故乡的人
“暂居德州”
我如此介绍自己

我也曾暂居宁津，暂居昌平，暂居北村
我如此说起我的经历

当然，也可以换成
暂居人世
我如此描述我的处境
人的处境

2018.1.26

飞天

在想象的天空，收集白云和白雪
类似的事，在麦积山
我再次遇见：一个人抓住一副鹰的翅膀
几百年了，飞翔在一块石头里
我没有阻止他。就让他继续飞行
站在石壁的下面，想到自己的写作
我也在长久的挫败中
获得了一种无能的力量

2018.12.12

救援

地震频发的生活现场
我得不到救援
就在梦里，化身志愿者
自救的过程，艰难又不可思议
令我绝望的是：走不出梦境
施救与被救，就不会成立
在它们之间铺设道路，我的心力
一点点丧失。但没到最后一刻
我不打算放弃
没到最后一刻，寻找与等待
就会在白天和夜晚
一直持续下去
——我走在梦中救援的途中
我也坐在现实的石头上

2018.5.18

黑暗中

深夜，我们摸黑谈起虚空
我手脚有点凉
谈起写作，也是一把双刃剑
我已伤到自己
谈到放弃
我起身站在黑暗中

哦，不写已不可能
不写，我还能做什么
“一个失败者
要更好地失败下去”
我对自己说

整夜，我都在寻找开关

2018.5.28

托孤

飞机在天上飞
它投射在人间的影子
也贴着山川飞行
透过舷窗，我望着它
犹如一次托孤。我说
“就让它再多飞行一会儿！”
它果然缓缓而行
像我留在世上的一个念想
直到遇到一面大湖
它一头扎进了湖水里

2018.6.10

琴声

傍晚，楼上的琴声
会带我离开一会儿
我总是静静地坐着
任由它将我放置在流水、旷野，或寂静的山中
每天如此，我对琴声背后的人
产生了向往。每次下楼
都仔细观察遇到的每一张脸
判断他们的方式，趋于直觉
每一次都不是
失望中，生活在继续
琴声依旧在傍晚响起
我想，弹琴者也许并不存在
那琴声也是幻觉
是我疲惫焦灼中，对自我的治疗
我需要这样的治疗

2019.6.19

最后时刻

吉尔伯特一直后悔
为没有在美智子弥留之际
把她抱在怀里
现在，吉尔伯特也死了
深夜读到这儿，想到也会有那一天
就更紧地依偎着你
你在熟睡中也搂了搂我

2019.9.13

种植记

给花盆里的多肉浇水
给菖蒲浇水
给一块石头浇水
每天浇水

多肉腐烂在水里
菖蒲枯死。它需要更多的水
水漫过了石头
看不见一块石头在水里
忘记水里有一块石头
给水浇水。我的爱，只剩下了爱

2019.10.8

清点

梦境就快与我的现实
发生关系。回忆童年
已经分不清，哪些事是真实发生的
哪些出自我的想象
最近，我也常常把日出和日落
星期三和星期一
混为一谈。今天是结束也是开始
发现旧我已经离开
新我到来之前，还有一个我
就是这个“我”，清点着过去
她关掉厨房的灯，经过卫生间、卧室
从没有更好的来路
也不会有一个更好的去处
只剩下了一件事
这件事带领她，在书桌前坐下

2019.12.31

在衡水湖看鸟

它们在空中的姿态
滑翔或俯冲，跟随或离散
超出我的想象力
它们只是在飞
顺应飞的本能和飞的欲望
桎梏太久，我适应不了这自由的小身体
听不懂鸟语
不知是在求偶，还是在争吵
除了聆听，我发不出那样自然的声音
一只白鹭，停歇在一根细枝上
定定地望着远方
像个哲人
但也许只是在寻找水里的食物
看着一只黑鸟，飞出我的视力范围
我起身离开。并确定
有些鸟，我没有看到
像有些人，隐身在生活的水下
他们也避免被别人看到

2019.8.2

难题

一个难题始终未解
我在镜子里，反复见过的这个人
今天在小区门口，看门人却说："你不是你！"
那我是谁?
旁边有人谈论我，听上去
说的像另外一个人
傍晚，我正在公园的长椅上坐着
一个男人跑过来问："是刘婷吗？"
我一时不知道自己是谁，茫然地摇摇头
他没再问，走了
他一定是丢了心爱的人
"是刘婷吗？"起身回家之前
我又郑重地问了一次自己
问题依旧没有答案

2019.8.11

小邮局

现实中已不存在的小邮局
矗立在记忆的那条街

身上有着许多条道路
就是其中一条，把我的信带走
也会递给我一本刊物
我双手接过它
就像在接收一个外太空

更多时，我只是经过它
在门前站一会儿
想象自己沿着一条邮路……
我确实这样走出了小县城
感觉自己就是当年寄出的那封信
没写收信人，所以一直在辗转
也没法退回

2019.11.14

论杂物

恋爱需要废话
锌，需要杂质才能化学反应

杂物构成的日常，养活我
从中拿出我使用的
大部分无用
但说不定什么时候
就有用了

堆满杂物的房间里
排除异己的事，希特勒干过
斩草一样清除过犹太人
杂草越割，越长

我的杂念
让我写下这首诗

写了一首诗后，我来到厨房
该看看吃点什么了

2019.12.19

喜鹊与鸽子

望着树下的鸟，我说，鸽子
你及时纠正了我：喜鹊

哦，我确实没近距离观察过
喜鹊，但从小看它们飞来飞去
后来，不止一次在城中心，看着一群鸽子在飞
觉得它们是一样的
当鸽子飞进一扇打开的窗
才意识到，它们是圈养的

在空中，鸽子完全可以飞走
为什么返回笼子？
你用这种鸟的习性来解释：
鸽子，具有强烈的归巢性
在哪里出生，哪里就是它一生生活的地方……

“喜鹊”，我重复了一遍
以便重新认识两个不同的物种
只是我仍旧常常面临，在鸽子与喜鹊之间选择
天空，则同时飞着喜鹊与鸽子

2019.2.28

开发区

每天穿过开发区。

匆匆的行人，好像都有一个目的地。
看不出，是他们自己在走，
还是相互裹挟着在走，
还是物价、疾病、房贷……裹挟着他们在走。

每个路口都有红绿灯。
每次我想通过，都是红灯，
我不想走的时候，又显示可以通行。
我不想走，身后的人就推我。

每条路上安有摄像头。
记录一次次违规，逆行，
我去商场，银行，车站，酒店……
电子眼拍下我的行踪。
电梯里，
我紧张站好。

有时去市里与朋友聚餐，
有时回乡下，看望父亲。

市区是城市的样子，
乡下是农村的样子，
开发区，在它们之间，
和我一样，长着一张混沌的脸，
一直在开发。

一直住在开发区，
拉着行李箱。

从中建华府到宋官屯小区，到新城市花园。
他说，原来这里是庄稼地，坟场，七里铺。
他原来是农民，
后来是保安，摊煎饼的，送快递的和扫垃圾的……

他是一个人，
也是一群人。
每天从他们身边经过，
我每天在他们中间。
每天，很多个我，
走在开发区。

白杨砍了种上悬铃木，
野草铲平铺上了地砖。
今天在康博大道，我看见
野草，又从砖缝里钻了出来。

开发区一直在开发，
一直未完成。

挖掘机，日夜工作。
挖啊，挖……
不断改变自然性。
也会看见一辆压路机开过去，
碾压过的路面，
平整，无异议。

割草机，在割草。
一边割一边唱歌。
洒水车畅通无阻，
对着天空在喷水。
下雨天，洒水车照常喷水。
不管我愿不愿意，
水都落在我身上。

不管愿不愿意，
沙王河，它接受了美化也接受了污水。
麻雀再见，蝴蝶再见……
我们在开发区展览馆里，见到了。

高铁站在开发区最东端，

向南上高速。
在高速路上，和在高铁上
停下来思考，是个难题。

新建的永庆寺，
少有人去。
我进去。又出来了。
佛陀的对面是游乐园，身后是化工厂，
不远处，是澳德乐购物中心。
今晚预告，大地影院上演喜剧片。

动物们关进了动物园，
植物们关进了植物园。
工人从脚手架上爬下来，
或飞下来。

经过开发区医院，
人和机器对我全身扫描，
给我开诊断书。
告知我，我患有不洁症，妄想症，自由散漫症……
病房连接手术室，
有人在我身上反复地动刀。

我一直被开发。

他们用学校，建筑工地，道德教育，社会成功学……
一个男人，试图用爱。

以爱的名义束缚我或怜悯我，
以道德绑架我，
以正义要求我，
以开发的名义驱逐我和召唤我，
性质一样。

朋友建议我换工作，
或者去别的地方。
第二天，我没有忙着去找工作，
而是继续硬着头皮，
来到了办公室。

想想吧。哪里都一样。
开发区，都是同一个开发区。

开发区中心的警示牌，
严重警告了我——
严禁踩踏草坪
严禁随地吐痰
严禁游泳、钓鱼
未经许可，禁止入内
禁止大声喧哗

闭嘴!
嘘……

听,
文化路上，几个老人
还在用一个调子唱每首歌。
我的口音，一直在变化，
不像我的。

十八岁去外省。
回家和父亲说家乡话,
他听不懂。
重复几次，把音调降低，
他还是听不懂。
需要开发一种新的语言了。
我压低声音，刚一张嘴，
就淹没在开发区的噪音里。

120 救护车呼啸着经过,
消防车经过……

PM2.5 颗粒物进入嘴，鼻孔，肺，血液，
一些物质细小如它,
空气一样无处不在,

进入心脏，改变大脑结构，
不知不觉改造我。
我戴口罩，一层，两层，
似乎没用。

雾霾有白茫茫的欺骗性。
开发区有一支建筑大军。
水果摊的夫妻，又老又丑，
却有一个白而美的小女儿。

穿过时代广场跳广场舞的队伍，
走进深夜的开发区。
走过流浪狗，流浪猫和流浪汉们，
一个酒鬼停了下来。他说——
这朵雏菊是我的，
那棵槐树是我的。

不过，它们很快就不是你的了。
很快，天就会亮，
财产，土地，房子，女人，孩子，
什么都不是你的。
你不是你的。

很快，人们陆续走上街头。
我走进众人，

长出一张众人的脸，
我是你，
你也是我。

每天穿过开发区，
每天被开发。

2019.8.27-9.1 初稿
2019.12.10 改定

告别

一个人与我们告别
走向人群的反面

他也与自己告别

从我们的抛弃之物中
取出他的语言
来自外星空的语言
无法翻译
相比之下，我们多么富有，又多么贫困
多么自以为是，又虚弱无力

我们羞愧地望着一颗流浪星球
抛弃了我们

2019.11.2

庆祝日

这一天，我暗中修改了自己的生日
经过我的允许，我才是我
这一天，我举杯
庆祝自己的出生
庆祝，我终于可以决定自己的死亡

2019.2.18

怀疑

我有多疑症。怀疑太阳已经被收买
春风送来的，是假货
好消息和坏消息半路交换了
一篇报道，字里行间
我怀疑有人篡改了事实
吃饭时忍不住怀疑
牛肉是否注水，青菜有没有毒
鱼是不是喂了激素
街边的乞丐，我也怀疑他有着另一张脸
想到这儿，我把自己吓了一跳
怀疑我的怀疑，已经走向极端
不知道世上
还有没有治疗我多疑的药物

2020.2.19

失明教育

今天，一个古希腊人
让我倍受惊吓。他在一本书里
对自己下了狠手：挖掉双眼
从此，致力于黑暗
致力于坐在花园里，倾听和思考
我感到残忍，合上书，丢到了一边
主动放弃光明，我做不到
但看着周围，又不免怀疑
我揉了揉眼睛。确定我真的看得见
但确实，看见的不如这个人多
这个让我羞愧的人
隔着纸张，提醒我
在聒噪里，我已经待得太久
是时候，把自己和目光
收回来了

2019.11.6

艰难之爱

仍然迷恋肉体之欢
说明我还没有绝望到底

无意义那巨大的虚空袭来时
仍然需要爱

如毛子所说，我们对世界没有快感了
不是我们的错误

仍然需要理解
即使我感到了异常艰难

需要继续爱
这是我说给你的
也是说给自己的

2019.3.11

一种饥饿

半夜醒来，吃了一碗面后
仍感到一种饥饿
没有因胃部的填充，被满足
不知道具体的位置，但感觉到它的存在
—— 一种饥饿，找不到它的胃
黑暗中，饥饿在慢慢扩大……
我的困难在于
我不知道它需要的是什么

2019.7.20

男性的母亲

我男性的母亲
在一件绿色老式雨衣下

我认出他就是她
活着时她就在这件雨衣下
想过死后她是植物的
动物的，或者仍是人类
一件物品也行
没想到是男性的
只要是母亲

我男性的母亲
并不看我
很快消失在细雨中
看上去是别人的父亲了
我羡慕着那孩子

2019.12.21

父亲的恐惧

给父亲电话
他正在乡下的家里，准备午饭
问他近况。一边想着昨晚梦中
他用力握紧我的那只手
冰凉、战栗
吓醒后，感到被父亲握住的右手
还带着他的恐惧
——他在梦中传递给我
我把它带到了现实
现实中，电话里的父亲
却假装镇定，并不承认来过我的梦里
更不打算与我谈谈他的恐惧
他说，他很好
就匆匆挂掉了电话

2019.10.19

存在与消逝

看一张布罗茨基的照片
我恍惚，来到了
他的时代。也仿佛遇到了
我喜欢的茨维塔耶娃，阿赫玛托娃
曼德尔施塔姆和奥登……
以及还是小男孩的
他，在喝了一杯茶和吃了一个蛋后
沿着花岗岩河岸奔向学校
……他们穿过我
又都走远了

回到冬日午后的沙发上
我抱紧了我和我的猫
和布罗茨基怀里的猫一样
它们都陪伴着
活着时的我们

2019.11.4

第三辑

暴雨隔开了我们

083—116

眺望

从窗口望出去
楼群的后面，还是楼群

但眺望的时间长一些
会看见楼群的后面是村庄
继续眺望
会看见 2010 年的我
站在田埂上

她不住地眺望
向我此刻站立的地方

2017.2.1

生日诗

今天发现，白发又多了
像是提前来到自己的老年
让我激动不已的是：我中年的脸刚起皱
我少女的乳房，还在发育

2017.1.1

安妮

家住俄克拉何马州的艾比
怀孕十九周时，医生告诉她
胎儿患有绝症。明知女儿
只能活几小时，她还是生下来
取名：安妮

十四小时五十八分钟
安妮都在母亲怀里
她的父亲、姐姐围绕着她
为她读福音书……
晚上十一点，艾比听到安妮
最后的喘息

“她的一生都被爱
被欢乐和温暖包围
没有悲伤”

2017.1.4

偷生记

我用另一个名字
把写作中的我，和生活中的我分开
我多么想，摆脱自己
狼狈不堪的命运
这段时间，我的文字里
果然都是清风明月
虚构出来的幸福，比现实还要令人感动
我也真就以为，自己多出了一条命
从此过上了另一种生活
而被我弃于现实的那个人
常常闯进来，让我不得安宁
她塞给我一地鸡毛
让我承认，那才是我
让我承认，偷生于另一个人的生活
是多么虚妄
逃避、怯懦、自欺欺人
——我也为此羞愧过
但我真的不想，在困境里一而再
再而三地挣扎下去

2017.7.30

启示录

生活最终告诉我
哪一种生活，也不适合我
故乡和异乡是一个词
一个悲愤的人
和一个了然的人，坐到了一起
是的，一些事安排好了
另一些，也毫无悬念
过去的五年，我走到悬崖
又退了回来。有段时间
我安定下来，也想安定了
生活不允许
于是，我将自己
重新置于渺茫中

2017.1.18

起雾了

我站在玻璃的一面
看不见另一面

像今天的我，看不见明天的我
寒冷的我，看不见温暖的我
欢笑中的我，看不见悲伤里的我

只有一次，百感交集
不知道玻璃的两面，站着的
哪一个是真实的我

我在她们中间，成为
一块迷茫的玻璃

2017.2.5

街边人群

我观察他们，是为察看自己：
幼年的我，盛年的我
还被爱，还爱着别人
同龄的洪义，还没去抢劫
写诗的于有国，还没有猝死
母亲
此刻她不认识我
……这些令我软弱的
还在令我软弱
我没有为此羞愧
反而觉得这是多数人的命运
而对面的女孩
她看着我，怎么也不相信
这个人就是她
我成了我厌弃的那个人

2017.6.12

离开

离开我的事物
都或多或少，带走了一部分我
刚刚脱下的长裙
也还保留着我部分身形
风正摇晃它。它的不安
包括了我的
而它突然掉落，令我猝不及防
我有虚脱之感，离去之悲

2017.9.10

野外

父亲着迷于一块田
我着迷于田边一块荒地
父亲在田里除草，杀虫
我惊喜于
乱草中，一只瓢虫在产卵
在荒地和田地之间
我相信，一定有解决不了的矛盾
劳作之余，父亲觊觎着荒地
一个被饥饿吓坏的人
他一生的愿望
“所有的荒地，都种上粮食”
我也常常在扑蝶中，停下来
幻想着，周围的田地
重新荒芜

2017.10.27

相遇

少年卢梭
决定再也不回到暴虐的师傅那里
他一无所有，没有谋生技能，没有依靠

读到这里时，我十六岁
茫然，没有人生目标
我也就以为，离开现有的生活
就和他一样了
——他精神振奋。他觉得从此就自由了
一纵身，就腾空而起，飞翔了……

但直到三十六岁，我才爬上火车
与他相遇

为了这，我用了二十年

2017.11.1

在铜铃山

崖顶与深潭，我更向往哪一个？
走在铜铃山的山道上
我一会儿望望山顶，一会儿俯瞰深潭
像个贪心的人
把两个我，都寄存在这里
一个在崖顶不停地砍树，制造天梯
一个在深潭里洗澡，忏悔
而我，则带着对她们的艳羡
返回华北平原

2017.11.29

日常往返录

在窘迫的空间里
倾泻或沉思
我需要这样一个地方

每次从无窗的卫生间出来，我都感觉
世界比之前明亮了一些

2018.1.1

暴雨隔开了我们

一个人滞留在暴雨中
透过窗，我望着他
暴雨将他孤立在世界的大街上

我也是孤立的
暴雨把我与其他事物隔开
那些建筑物，树木，垃圾箱……
都站在自己的孤立中

暴雨继续倾泻下来
以决绝、暴烈的形式，让自己
孤立无援

2018.1.30

空楼梯

一条放弃了的路径
显现出少有人到来的荒僻
却保持原有的曲折与陡峭

它只作为最后的退路
和迫不得已时的选择
存在了

艰难的攀爬
也只作为一项记忆，偶尔被提起来

就像今天中午
我来到楼梯间
我也只是站了站
就出来了

2018.3.20

电影课

深夜，一个人看《猩球崛起》
物种之间的博弈
看着看着
猩猩凯撒，对暴虐的管理员大声说：NO!
我也不再关心人类的去向
而是跟着猩猩们
逃离铁笼，翻越城区
奔向红杉林……

从电影里走出来
站在窗前发呆
确定自己仍然身处城市
有些悲哀
没有一条可供返回的路
都是进化了的人

2018.3.7

依赖光

准备好蛋糕，坐在沙发里
等他回来。庆祝

想起十九年前的清晨
他跟着光降临
不敢相信，这是真的
之后，每天看着他
在我怀里哭
在我怀里笑，吃奶，撒尿……

想到十九年转眼过去了
心里咯噔了一下

想想我的老去，他的成长
又悲又喜
依赖光，我们走到了现在
很多时候，他快乐
我就快乐了

2018.11.11

写在儿子十八岁

这些年我丢失的东西
好像转移到了他身上
年轻。结实。坐在我对面
他正躲避着迸溅的热油
哦，我多么希望他一生平安
可是，我不知道哪里还有安全的生活
每个人都在这炭火上煎烤
他和我说，想去别的地方
我想说，儿子，其实哪里都一样……
最终，我什么也没说
满脸夜色地站起来
投身到外面黑漆漆的夜色中去
我只能让他自己去经历
寄望于未来世界变好的
不可能的可能性
儿子走在我身后
有一刻，替代了我

2017.7.22

在乐陵百枣园

一座甜蜜加工厂
每一棵树，都是一个甜蜜制造器
每个来到这里的人，都是一个个甜食爱好者
甜腻的空气中
我已经厌倦了蜂拥而至的方向
对幸福也失去了兴趣
跟着一颗掉落的青枣
我走向甜蜜的反面，结果的反面

2018.8.10

麦积山133号石窟

—— 一座墓穴

放灵柩的地方空着，仿佛在等待一个死者
而他让位于众佛：
碑上的，窟室内的，壁龛中的
泥塑的，石刻的……

但总感觉一个隐形的死者，坐在他们中间
与他们一起静修，礼佛

有时，他也厕身游人中
抬头观佛

我进入洞窟时，释迦牟尼
正与儿子罗睺罗相见
窟门开启，佛陀垂望儿子的眼神
投向窟外
他说："我视众生如罗睺罗！"

2018.9.8

听流水

他们上山去了
我坐在石头上听流水
石头是一群打坐的和尚
一动不动
流水在诵经
我不知道，他们坐了多久，诵了多久
但我知道，他们还要坐下去，诵下去
我没有那个决心
我是游魂
我是累了
到这里歇一歇

2017.11.14

腐朽

从安福寺金顶上
飞走的白鸟，没有再飞回来
我不想这么快就消逝

正殿后面的那棵古树
静静地卧在原地
细雨中，已从树的质地，变为玉石
我也不想做这样一块石头

我有腐朽的愿望
这样想的时候
一些人从我面前走过去了
走出很远，路上
还响着他们说话的声音

2018.2.20

偏安

走在张家界的深山
我失踪了。随便哪一座山峰
都有个隐居的我
别人找不到我了
生活的乱事，江湖的纷争
法庭之外的审判和语言暴力……
都被大山挡在了外面
我终于能天天写诗，看云
但儿子发来短信，说想我了
瞬间让我返回到
早就厌倦了的世界中去

2019.9.8

流水

夜宿王村，流水在窗下响了一夜
我想早早起床，看一看这流水
它怎么流不尽呢
出门，祝立根在檐下抽烟
看来他也被流水搅得彻夜未眠
我们都没有说话，低头看水
从上游流向下游，流向远处去了
更多的水，前赴后继地赶来
一点也不给前面的水停留的时间
一点也不在乎
这本就喧嚣不止的世界

2017.12.18

天门山

上天门山的路，有九十九道弯
上天门山的人，要历经九十九次危险
所以，经过九十九难爬上天门山的人
都是玄奘一样的人

那天，我坐索道直接登顶
我认为，我不算是到过天门山的人

2017.12.17

名字

我喜欢大庸，胜于张家界
喜欢王村，胜于芙蓉镇
喜欢刘代福，胜于刘年

那天，我们
从张家界到了刘年的芙蓉镇
其实也就是
从大庸到刘代福的王村

我相信，最初命名他们的人
一定像我的父亲，在我的出生之日
怀着欣喜
命名我为：臧海英

刘代福说
叫王村的时候，酉水还是活的
放排，一天就能到洞庭湖

2017.12.19

绝境

一个久居平原的人
绝望了，来到张家界的山林里
看到的都是悬崖峭壁
孤绝之境是怎样形成的？他不知道
每天面对绝境，渐渐地，就不是绝境了
离开张家界的那天，天在下雨
看不到天门山顶
他默默地，把自己一件衣服
葬在了山下

2017.12.20

返古

穿过李之仪公园
我们去喝酒
喝醉了
原路返回

去时，我们满脸现代人的焦虑，恐惧
一副不堪重负的样子
回来时，却发现天地交换
月亮在水里
我们都不认识自己了
一个个身轻如燕
变成了放浪形骸的古人
在湖边作诗

我们打算明天晚上再去一次

2018.7.22

中途下车

下车的瞬间，车门哐当一声关闭
它也受够了我这个生活的异教徒
我走了几步，不具体的忧伤
又让我哭了一会儿
远处，几个追着地平线赶路的人
我确信，和我没有关系
手机没电了。世界终于失去了联络
在离家三百米的地方
让我失踪。像一辆脱轨的列车
以这样的方式，我知道，我不会获得幸福
但我获得了孤立
需要独自上路了
需要开拓一条新的道路

2018.7.27

反对

我总是到不了目的地
在路上心急如焚
我的腿，不听从心的支配
它缓慢地，走走停停
好像不是我的
好像反对我，是它的愿望
现实中实现不了的
终于在梦中实现了

2018.7.2

不爱

时间也有解决不了的
十年了，她还是不爱他
可他不管，他只把自己的爱给她
源源不断地……他相信水滴石穿
可他不知道，她可以让他穿过自己的身体
就是不会爱他

多么坚决的不爱啊
我赞美它

2017.6.8

受累于爱

父母总说，为了她好
于是，她听话
做违背自己的事

“别人给你的爱，要同样给他们”
于是，她感恩
像是一种美德

于是，她嫁给爱她的男人
却并不快乐

并慢慢获得了一种能力
不快乐
也能生活下去

2017.7.2

青菜记

一棵青菜
正在失去水分。我拿起它
穿过人群
确信暮色里有我们共同的
无法抗拒的东西

去除枯叶，把它放在砧板上
转身，我也在疲惫中爬上床

深夜醒来
我安慰自己，你并不孤单
一棵青菜，也在厨房里默默消化着
身边的黑暗

2017.2.18

沉默

母亲脸上的冥纸被揭开
我走过去，见她最后一面
皱纹展开，一生的苦全部受完
眼睛紧闭，再与我无关……
多年后想起这些，我已没有悲伤
她离开了，却分明还在身边
她不发出声响，在沉默的世界
就像我活在世上
在她眼里，我也是沉默的

2017.1.15

第四辑

我往失败者一边，站了站

117

151

黑鸟

它就要飞过白天和黑夜的界限
现在，它在黑里面飞
我看不见
向我飞过来的时候，我看不见
但它的确在飞
与身边的黑暗不同

2016.12.13

在鲁西北

我不敢冒犯一块土地，我的母亲睡在土里
我不敢冒犯一棵庄稼，我的父亲种下它们
我也是他种下的。生下来，就接受泥土的教育，安插在土里
我的尊严也在土里，它让我拒绝天上的事
一生都俯着身

2016.3.8

楼下的声音

沉重，尖厉
冲撞着地面
楼下的人在挪桌椅
也许是床
十分钟后，又往墙里钉钉子
……停下。又钉

我侧耳听着
这些类似于我每天干的活计
——在深夜
黑暗中
生活的地下室里

我钉钉子
挪桌椅

2016.12.20

我看见一只鸽子在飞

众鸟消失，只有一只鸽子在飞
跟着它
在空中转了几圈后
我站在混凝土街道上
得到某种安慰

它在天上飞着
也许它不是一只鸽子
也许它并不存在
也许它是从我身体里飞出去的

2016.10.31

我确信的事

一根枯草里，有庙堂
翠鸟的腹中，装着一座容纳千人的演奏厅
母亲，她还活着
李瞎子的眼睛，看得见
经过怀疑的相信
废弃的石磨，白杨的枯枝，穷人的屋顶……
我往失败者一边，站了站

2016.10.1

在城南寺庙

我也渴望获救。走进去的时候
移植来的银杏，还没长出叶子
廊柱还没上漆，一尊佛像
预先坐在大殿中央。这符合我的意愿
——在内心的废墟上，建一座寺庙
但也有我逃脱不掉的：
浓烟，来自后面的化工厂
喧闹，来自对面的游乐场
挖掘机的声音，则来自旁边的建筑工地
一个穿黄衣的僧人
我确定是我。他一边诵经
一边驱赶着扑向他的蚊虫

2016.5.23 初稿
2018.3.27 改定

读诗记

策兰用“刽子手的语言”[1]写诗
茨维塔耶娃，不能获得一份洗碗的工作
布罗茨基，被驱逐出境
我年轻时失去故乡，中年又失去第二个故乡
从这里到那里

今晚，曼德尔施塔姆在流放地说
“我已虚弱到极点”
哦，这正是我要说的。我获得了犹太人的命运
却写不出那样的诗句

曼德尔施塔姆又说
食物和钱对他已没有意义
这句话对我同样有用

2016.10.18

① “刽子手的语言”，指德语。

母亲

土层下的人，借助青草
把呼吸递上来
我的母亲也是这样
她不知道自己还活着。不止一次
来到我的身体里，让我完成
她还没完结的一生
并分担我在尘世的痛苦。深夜
我坐着，她就陪我坐着
有时忍不住，我哭
她就默默承受我的泪水
我的单薄，脆弱，只有她看得见
却不能伸出一双手来
也不能发出声音。在另一个世界
她一定是焦急的
在另一个世界，她一定
为我做好了棉衣，却想尽办法
怎么也送不过来

2016.10.8

病

他们给我安眠药，抗生素，爱情，经文，酒和利刃……
每个人，都以为可以救我

我走向旷野。我需要大风，雪，河流，芨芨草……
我需要大地，这张处方

2016.3.12

墙壁记

阁楼倾斜的屋顶，常常撞头
我捂着头
在寄居的小城
我也常常看见一个被撞倒的人
挣扎着爬起来，仿佛
替我爬了起来
而一个泥瓦匠
找不到欠薪的工头
他蹲在墙角，抱头痛哭的时候
一个莫名的失败者
也在我身体里，捂着头
他疼痛，脆弱
说不出墙壁在哪儿

2016.2.26

出走者

连续几天，我都绕道
去看一张寻人启事
不是去找人
是那个女人
干了我一直想干的事
干了很多人想干的事
——从不想要的生活里走开
多么让人兴奋!
我离开人群，沿着一条小路
去看她的时候
像出走

每次往回走，都垂头丧气
我确定，又被生活
找了回来

2016.8.6

求救者

她抓住我的手
说她离婚十年，身体不好
孩子叛逆，工作又丢了
说着说着，就哭起来
哭着哭着，就紧紧抓住我的手
要我为她找个男人，找份工作
找到快乐
就像我拥有他们
就是他们

她放开我的手
伤心的背影，像一件空荡荡的衣服
我承认，我掏不出
自己都没有的东西
分给她

2016.3.29

为母亲守灵

给长明灯添了灯油后，父亲哭了
哭着哭着，哭成了一个孩子
抱住我哭。哭着哭着，哭成了一对兄妹
哭着哭着，哭成了两个孤儿

2015.2.7

乞讨者

公交站牌下：
她矮小的身体和我一模一样的
她颤抖着伸向路人的手和我一模一样的
她同样颤抖着嚅动着的嘴唇和我一模一样的
她低下去又抬起来的眼神和我一模一样的
她裹着破旧的棉衣犹豫地缓慢地穿过冬日的人群和
　我一模一样的
……一模一样的

当她走向我，我迅速地逃开

2014.1.8

单身女人

我感到羞愧
为何不把自己交给一个男人
哪怕他是一道伤疤
一块腐肉
哪怕他是酒鬼，赌徒，家暴实施者

他们说：“不是一个弃妇，就是一个荡妇。”
我感到羞愧
哪一个我也做不好

洗澡时，看着自己的裸体
我感到羞愧
它那么无知，又无畏

2014.7.5

刀锋

那些年，你一直活着
那些年，我一直活在你体内

头晕，贫血，虚脱——让你筋疲力尽
弃学，出走，离家——让你难过

被你孕育着，我怀疑你
被你抚摸着，我厌恶你
被你紧抱着，我离开你

那些年，我一直在你体内
一直站在父亲的一边，反对你

现在，我的孩子也在反对我
我感受到了，你在我身上感受到的刀锋

2014.3.26

在德州

1

去锦华大厦上班
写字，养命

去旧货市场，拉一件旧家具
旧一点没关系，瘸一条腿也没关系

回宋官屯前，买一捆青菜
只买那个断指女人的

2

阁楼的墙体，很薄
于是，这个冬天，我盖三层棉被
儿子在的时候，不同
室温会上升七度左右

他轻轻地哼唱，我欢快地杀鱼

3

试了几次，没法把那枚铁钉
送进墙里

隔壁夫妇，却把骂声递了过来
很像我和德州的关系

他们丢弃在楼道里的那盆兰，一直活着
蒙了厚厚的灰尘后，还是活着

4

在晶华路中间的黄线上站着
左右是两股相反的力。一辆辆车过去
好像在磨刀

我会锋利，我也会卷刃
躲着那辆大货车

5

牙疼，缓慢地啃一块苹果
想母亲。静静看着炉上
文火熬煮的汤
等着天黑
等着水花翻滚，骨肉分离

电话里，父亲的耳朵越来越聋
气息越来越弱

6

夜里，烟灰引燃了被单
火势，像爱上那个男人，控制不住
端了盆水
惊慌地泼冷水

蹲在地上，捂住脸
一些疼痛，又让我
捂住胸口
捂住肚子

2015.5.22

我

1

我与这个世界的关系
就是我与你的关系
太远
太近
都不合适
我曾将手伸向闪电
也曾将脚深入冰水
而你说，不够
更多时
我闭口不言，哭着笑，或笑着哭
我只是爱着这一小片泥土
我只是爱着这一小片黑暗
我只是在黑暗中
走了一遍又一遍

2

你们关注花朵
我关注花朵下锄草女人的脸
她们把土地挖开

埋下水泥管道
我是应该和她们站在一起
而此刻我和你们一起
享用午餐
西瓜，猪骨，汤和白米饭
她们接过我手里空的盘子
我羞愧
我应该脱下衣物
皱纹深一些，皮肤还得黑
那样，她们才能认出我
才能像母亲那样
抱住我
早上清扫垃圾的女人说
“你们……”
我想说“我们”

3

如果我不把自己当成一个女人
一个人
一个我
那我是什么？
我无法消除我的局限
我只有局限
我就在我的局限里
只在我的身体里，性上

在我里，思考
我活不过我
她注定只给我这一小部分
我把这一小部分
当作我的全部
这针尖
它小得只够刺伤自己

4

她是枯的
我喝水，不停地喝
喝……
她还是枯的
我不能为枯负责了
喝水时，她又呛出了眼泪
我又不能为眼泪负责
它自顾自地流下去
让我看到一条河
枯竭的过程
后来，我都不能为干枯的河床负责了
任由她病着
我握住她，也是绝望的
只不过
是最丰盈的绝望

5

我做不到佯装快乐
做不到骄傲
做不到，半夜不醒来
醒来不虚空
后半夜了
我只剩一颗失败的心了
这最后的花冠，有点紧
我做不到爱很多事物了
我摒弃了大多数
现在，我只想拥有一平方的故乡
这也是奢望
我只有一副哑嗓子了
我只有面前的旷野了
多大的一张纸啊
正好容得下我
奔跑
歌唱
呼救
喊魂

2015.10.29

领受

一路上，我看见婆婆丁，苦菜，谷荻……
小时候吃过的苦味和甜

母亲说，它们都是好的
要一一领受
说着，也从身上掏给我
一颗糖球，或
一粒药丸

这天，我在母亲坟上
摘到了几枚酸葚子

2016.4.3

颤抖

我的爱已经不多了
这少数的爱，让我颤抖
我的时间已经不多了
这有限的时间，同样让我颤抖
我的颤抖已经不多了
这少了又少的颤抖，像黑色的金子一样稀有
我偏执地走向黑暗的中心
就为这黑色的金子

2014.10.11

猫

养猫的人已交出利爪
我看得懂它对阳光的恐惧：瞳孔缩小，脚步迟缓
恰如我对人群的躲闪

垃圾箱旁，它仍渴望被认领，被占有
它呼唤它的爱人，孩子，同伴……
落日烧红的那刻
我于心底发出一声惊呼："黑夜来了！"
当我们同时蹲伏在影子里，我抓不住一只老鼠
它抓住了，不与我享用

高墙之上，我想发出一声尖叫
但它先于我喊了出来。我的身体立刻轻了许多
秘密的花纹知道，不停被舔舐的猫脸知道：
我不是猫的主人
但我跟着它，喂它

2014.1.12

面壁者说

又一次我回到这里：
墙壁大于地面，大于天空，大于床
我碰壁，或壁撞向我
像胸膛奔向子弹

我习惯了疼痛，如同习惯了风吹
这不是一个自省的过程
我不承认，我不达成任何和解
我不与人建立关系

我喑哑，偏执。请原谅这苍白的墙壁
原谅它的坚硬与厚度，冰凉与冷漠
与它相比，我更冥顽不化
我们从来就是一种紧张关系

2014.1.12

甩鞭子的人

和空气有仇，和周围的隐身人有仇
他抖了抖长鞭，双目渐渐充血

鞭子会变成一条蛇，一把剑，一个暴徒
他把它们，一一送了出去
把自己送了出去

鞭响过后，没有人倒地
和虚无的事物为敌，他看不见他们
却目睹，他们在他身上留下的刀痕

一次次甩着空鞭，他听到了自己
哀号的回声：越来越轻，越来越空

他渐渐停下来。提着皮鞭
像提着软下来的自己

2015.3.11

失语症

喉间。有滚落的巨石
压住舌角。有鹿
已在石后，豢养为猛虎
每次纵身一跃，都是对石头的反抗
为了脱口而出，我把嘴张得很大
并一次次在黑暗中，把石头推走
把虎腹内的鹿唤醒
虎，逐回丛林
我以为，这样便能获救
而不等我说出，石头就会滚落
虎也会随后赶来
循环往复间，我渴望真正的放弃
现在，像一个哑巴，我只是把嘴张大
虽然石头已经不在
猛虎已经不在
鹿鸣已经不在

2015.6.10

北回归线

他们说
夏至，北回归线上
立竿无影
幸好去的这天，不是夏至
站在那条线上时
我的影子
还好好地在脚边
走过去后
还好好地跟着我

2016.5.3

滇南路上

从思茅到景洪
大巴车一会儿在谷底里走
一会儿在山腰上急转弯
像这些年我起伏的生活
穿过一座山后
天完全黑下来
又像我刚刚挨过的那段日子
偶尔一两个灯光
在暗黑的山林间亮着
真像指引过我的人啊

在滇缅边境
我忍不住想，再走几步
就能甩掉我的命
我往对面望了望，就走了
我只会一种语言
还不想用别的语言
父母给的名字，也不想改
我还不甘心

2016.12.26

鸢尾花

沙丘的后面还是沙丘

走到沙丘低处，看见沙棘草，马粪和一株蓝色鸢尾花
我伸手去摘
你说，沙漠里长一棵草都不容易

继续前行后
嘎亥额勒苏沙带，又让我们看见两株鸢尾花

2016.5.10

洛古河村

山东人的遗骨
做梦都想返回故里

洛古河边，当鲁微说起
几个山东人，一百年前来开荒筑屋……
我正站在一座木楞房前
同行中，还有几个山东人
——这仿佛预示着什么

我们围着村子转了一圈后，就走了
遥远的山东
但愿他们能跟上来

2016.11.11

大兴安岭

2016 年 8 月，去古城岛的路上
停车休息
不知名的小花儿
白桦，落叶松，樟木松，云杉
占据了我们之外的所有空间
忽然意识到，正站在一片巨大的废墟上
大火早就熄灭了
那么多花，都是废墟上开出的花
那么多树，都是废墟上长出的树
废墟的下面，有人烈火焚身
我听见
至今还在呼救

2016.11.21

图书在版编目（C I P）数据

一个声音离开了合唱团 / 臧海英著 . -- 天津：百花文艺出版社，2021.3
（中国好诗 . 第六季）
ISBN 978-7-5306-8009-4

Ⅰ . ①一… Ⅱ . ①臧… Ⅲ . ①诗集－中国－当代 Ⅳ . ①I227

中国版本图书馆 CIP 数据核字(2020)第 273163 号

一个声音离开了合唱团
YIGE SHENGYIN LIKAI LE HECHANGTUAN
臧海英　著

出 版 人: 薛印胜
特约策划: 彭明榜
选题策划: 刘　勇　**责任编辑:** 赵　芳
装帧设计: 孙　初　申　祺
出版发行: 百花文艺出版社
地址: 天津市和平区西康路 35 号　**邮编:** 300051
电话传真: +86-22-23332651（发行部）
+86-22-23332656（总编室）
+86-22-23332478（邮购部）
网址: http://www.baihuawenyi.com
印刷: 北京精彩世纪印刷科技有限公司
开本: 889×1194 毫米　1/32
字数: 71 千字
印张: 5.25
版次: 2021 年 3 月第 1 版
印次: 2021 年 3 月第 1 次印刷
定价: 50.00 元

如有印装质量问题,请与北京精彩世纪印刷科技有限公司
联系调换
地址:北京市海淀区学院路 5 号 768 创意园 D 座 06 号
电话:(010)82423131　邮编:100082